ودان

دار حروف منثورة للنشر والتوزيع

الطبعة الأولى

الكتاب: ودان

المؤلف: منال عبد الحميد

تصنيف الكتاب: رواية

تصميم الغلاف: فريق الدار

تنسيق داخلي: فريق الدار

مراجعة لغوية: عبد المعز صفوت

رقم الإيداع: 2022/10949م

الترقيم الدولي:

مؤسس الدار

مروان محمد

مشرف عام السلاسل

صفاء حسين العجماوي

Website: https://horofbooks.com
Fan page: http://facebook.com/horofsbooks
Email: info@horofbooks.com

هاتف جوال: 00201113006296 – هاتف جوال: 00201064054995

كتب حروف منثورة للجيب

سلسلة الأيارو للفانتازيا

ودان

العدد الثاني

منال عبد الحميد

الليلة الثانية عشرة

قال البختيار "مادان" خان بلاد البغدان موجهًا حديثه إلى "شهريار" :

"لا تؤاخذني يا صديقي على تأخري عن الحضور، ولكني أيها الشاهنشاه المعظم قد مررتُ في طريقي إليك بالعجبِ العُجاب، ورأيت ما لا أعتقد أن إنسًا أو جانًا قد رآه من قبل"

****

قال البختيار " مادان" :

"فصلتُ يا مولاي من عاصمتي في يومٍ صحوٍ جميل، أشرقت فيه الشمس الدافئة، وأقبلت الدنيا باسمةٍ في حنانٍ على أولادها تنثر عليهم وعلى أراضيهم رضاها وغِبطتها، فزال البرد وخلعت الطبيعة ثوب التجهُّم والعبوس، وارتدت بدلاً منه ثوبًا قشيبًا من الخزِّ والزبرجد، ورقت حرارة الشمس وانداح قرنها الملتهب فخف الهواء، وانطلقت الطيور تغنى وراحت الفراشات تسبح بين الأزهار، تمتصُّ الرحيق العَطر، وغردت البلابل والقياشق[1]وخرج الناس من بيوتهم صبيحوا الوجوه مبسوطي الخلق، يتنفسون عبير الزهر والريحان، وقد ضمَّخت الطبيعة الغنَّاء أخلاقهم بعطور الرقة والمحبة، فصفت النفوس وتبودلت كؤوس الود والتسامح، كهذي الأقداح الذهبية الصافية التي تسكبها

القيشق: طائرٌ صغير مغرد [1]

الدنيا عليهم من وسع، ولما كنت أيها الشاهنشاه المعظم قد خرجت في يوم كهذا الذي وصفته لك فقد توقَّعت لنفسي كما توقع رفاقي أيضًا رحلةً طيبة وزيارةً رضيَّةً لمملكتكم العامرة، أعود بعدها إلى عاصمتي، وقد توثقت عُرى المحبة بين بلادنا، لأواصل رعاية شئون مملكتي وشعبي ...

غير أنى يا صديقي لم أكد أعبر سهل "فلكان" وأوغل متقدمًا في صحراء مملكتكم، حتى وجدت نفسي ومَن معي محصورين عن يمينٍ وشمال بخلقٍ كثيف، لم ألبث أن تبينت فيهم جيشًا عَرمرمًا يرتدى لباسًا لم تقع عيني على مثله من قبل، ولما كنت أيها الشاهنشاه قد توقَّعت أن ترسل لي من يستقبلني على أطراف مملكتك، فقد وقع في ظنِّي أنَّ هؤلاء الجنود الذين رأيتهم هم من لدن عظمتكم، ولكنى لم أصدق أنك سوف ترسل لي جيشًا محشودًا لاستقبالي، ولما حاولت أن أتحادث معهم بلغة مملكتك التي أعرف القليل منها تبيَّن لي على الفور أنَّ هؤلاء الجند لا يمتون إليك بصلة، فأمرت مرافقي من التراجمة أن يحاولوا معرفة بأي لغةٍ يتحدث هؤلاء وبالتالي من أي البلاد أتوا، فصدع تراجمتي بالأمر، وجرَّبوا كل اللغات المعروفة لجميع الممالك القريبة منّا، فاستخدموا لغات بلاد "ميديا" و"بكتيريا" ومملكة "مروى" مرورًا بلغات "مصر" و"الحَبش" و"جمأتون" " كاركاماني" وحتى لغات "تاميرا" و"بوزيرا" استخدمها تراجمتي دونما فائدة!

حتى بدا لي أنَّ هؤلاء الجند الغرباء صمٌّ بكم لا يسمعون ولا ينطقون!..

ولا أخفي عليك يا صديقي أنني كنت قد بدأت أخاف هؤلاء القوم، وبدأ قلبي يدقُّ بالشك والريبة، خوفًا من أن يكون أولئك الهمج الذين أرسلهم علينا الإله في هذا النهار الأغبر هم أولئك المطرودين الذين نفاهم "النخاشي" من مملكته وأخرجهم من أرضهم وأهليهم وأموالهم، فانطلقوا إلى الصحارى يتدرَّبون على فنون الحرب والقتال، ثم انتشروا كالوباء في أطراف الممالك، وامتهنوا مهنة الشطار الملاعين، فصاروا يتصيدون المسافرين ويقطعون الطرق على السابلة فيقتلونهم أو يأسرونهم بعد أن يستولوا على كل ما يحملونه معهم، وينهبون أمتعتهم ويَسبُون نساءهم وأولادهم، ثم يقتلون البنات الصغيرات، ويجعلوا النساء إماءً لهم، ويهتكون أستارهن، أما الأولاد والصبيان فينشئونهم على ما نشأوا عليه ويحملونهم على الانضمام إليهم بالقوة، وإلا هلكوا !..

ولما شككت في أمر هؤلاء وخِفت أن يكونوا هم من جال بخاطري ذكرهم، أيقنت بالهلاك لي ولرفاقي وخدمي وعبيدي، وكدت يغشى عليَّ من فرط الخوف، ولكنى قلت لنفسي:

"تماسك يا "مادان"، تماسك وأهلك عزيزًا كريمًا، ولا تجلل رأس مملكتك وعرش آبائك وأبنائك بعار الخوف وحذر الموت"

****

لما رأى الشاهنشاه "شهريار" أنَّ البختيار "مادان" قد ظهرت عليه علامات التعب والإجهاد الشديد أذن له بالذهاب

إلى الجوسق الذي أُعد له لكي يستريح قليلًا ريثما يستردُّ قواه، فيعود إلى تكملة حكايته المثيرة في الليلة القادمة، والحق أنَّ "شهريار" فعل ذلك بوحيٍ من نظرات الوزير "عبدان" المستخفية له، والذي ظنَّ بأنه ليس من اللياقة أن يُترك البختيار يروى قصته كلها وهو على هذه الحال من التعب والإرهاق، وفعل "شهريار" ذلك مدافعًا شوقه الشديد لسماع باقي قصة البختيار العجيبة دفعةً واحدة !

قضى البختيار "مادان" اليوم حتى بداية المساء نائمًا، ولما أفاق من نومه أُعدت له ولمرافقيه وليمةً فاخرة بناءً على أوامر الشاهنشاه، الذي قضى النهار كله يتقلب على شقَّي جمر من فرط تلهفه وشوقه لمعرفة الحادث الغريب الذي مرَّ بعدوه الألد "مادان" وهو في طريقه إليه..

فلما فرغ "مادان" من طعامه وشرابه ارتدى أفضل ما حمله معه من ثيابٍ مَلكيةٍ مزركشة ومزخرفة بخيوط الذهب وفصوص الجواهر، ثم وافي "شهريار" على موعدٍ في خيمته الشاهنامية، واستقبله الأخير مضطرم المشاعر وقد فرغ مرجل صبره، وبعد تبادل كلمتين أو ثلاثة جلس البختيار "مادان" في وضع مريح بجوار "شهريار" على الأبسُط الفاخرة، التي بُثَّت عليها وسائدُ صغيرة مطرزة كأجمل ما يكون التطريز، ثم آنس "مادان" من الشاهنشاه تشوقًا ولهفةً لسماع باقي الحكاية التي حكي أقلها وبقى أكثرها، فابتسم ابتسامة غامضة واستطرد مكملًا حكايته العجيبة:

"لما أيقنت يا صديقي بالهلاك قرَّرت أن أموت عزيزًا كريمًا مرفوع الرأس ثابت الجنان، كما ينبغي للملوك؛ ولكن شيئًا مما جال بخاطري لم يقع، فلم يكد تراجمتي يفرغون ما بجعبتهم من صنوف اللغات وطرائق الألسن ويركنون إلى

اليأس، حتى فوجئنا بشخصٍ يختلف منظره عن مناظر أولئك القوم، ينسلُّ من بين صفوفهم متقدمًا ببطءٍ نحو محفَّتي، وحاول رجالي وحرسي منعه فأشرت لهم ألا يفعلوا، ووقف الرجل أخيرًا بمحاذاتي، وراح يتفرَّس في وجهي وملابسي بدقةٍ وكأنه يقيس أبعادي ويزنني، وكان الرجل طويلًا نحيلًا للغاية، يرتدى ملابس فاخرة ودروع مزردة، ويتقلَّد سيفًا من الذهب الخالص، فبدا لي وكأنه رئيس أولئك القوم أو قائدهم، وما راعني إلا أن يتحدث إليَّ فجأة، لا بلغة "ميديا" أو "مصر" أو "تاميرا"؛ بل بلغتنا نحن، لغة مملكة البغدان! فقال:

ـسيدي الخان، أرجو ألا يخيفك اجتماعنا حولك

وكان يا "شهريار" العزيز هذا الأسلوب في الكلام أسلوبًا غريبًا، لم تتم مخاطبتي به من قبل أبدًا، وكانت لهجة الرجل تحوى من الوقاحة والجرأة قدر ما تحوي من التهديد والتخويف، مما أثار حفيظتي بشدةٍ على هذا الرجل السافر الوجه الوقح، وعلى مَن معه من أولئك الهمج قاطعي الطريق، فتبخر خوفي الأول وحلَّ محله الغضب والاستياء، فقلت للرجل الجريء الذي لم يتعلم الأدب في حضرة الملوك:

ـأفسح الطريق يا هذا، ودع موكبنا يمرُّ

فردَّ عليَّ الرجل بوقاحة:

ـبل تنتظر أنت ومن معك حتى يُبت في أمركم!

فعدت أقول للرجل الوقح البغيض وقد تهدَّج صوتي غضبًا ونفورًا:

-ومِمن ننتظر الإذن والبتَّ في أمرنا يا هذا؟! إذا كنت تعني صديقي المعظم الشاهنشاه "شهريار"، فنحن في طريقنا إليه.
وقد قلت ذلك يا صديقي لأن ظني بأن هؤلاء القوم الغرباء هم من أتباعك كان ما زال غالبًا عليَّ؛ ولكن الرجل المتبجح ضحك ضحكةً مجلجلة رنت عبر دروب الصحراء، وكأنها ضحكة حيوان مفترس، وأجابني في لهجةٍ خشنة وأعتذر عن اضطراري لترديد ما قاله على مسامعك أيها الشاهنشاه، قال وكأنه يقذف بسهامٍ مسمومةٍ في وجهي:
-أنا لا أتحدث عن "شهريار" البليد الغبي أيها الخان!! بل أنت وموكبك تُحملان إلى بلاط ملك "هيمرا" العظيمة وسيد جيوشها، حيث يبتُّ في أمركم، فإما موتٌ وإما حياة.
وتم اقتيادنا يا مولاي وقد أيقنا بالهلاك، ويئسنا من النجاة
****
..وتم اقتيادنا يا مولاي كالأنعام التي تُساق إلى النحر، ولما جنح رجالي وجندي المخلصون إلى المقاومة استعدى الرجل الذي حسبته قائد القوم عليهم جنده، فضربوا بعضًا من جنودي وشدُّوا وثاقهم بعد أن أثخنوهم بالجراح، وخفت على رجالي الذين قضيت العمر أختارهم وأصطنعهم لنفسي فأشرت إليهم آمرًا بألا يقاوموا هذا الجيش الكثيف، لئلا يشقون عليَّ وعلى أنفسهم، وسرنا يا صديقي تحت تهديد الأسلحة وعبرنا دروبًا من الصحراء وعرةً عسيرة المسالك، وتعثرت جيادنا التي لم تعتد أمثال تلك الدروب والطرق العسرة؛ بينما كانت جيادهم تدبُّ على الأراضي

الوعرة الشائكة بنعومةٍ ورشاقة تأخذ بمجامع القلوب، وكأنها تسير على بساطٍ من السندس الأخضر النضير، لا على صخورٍ بارزة وحصباء وكثبان رملية خطرة، وإن كنت عرفت فيما بعد سبب لين عريكة جياد هؤلاء القوم وسهولة طواعيتها واندهشت له جدًا!

وبعد مسير حوالي نصف يومٍ عبرنا دربًا قصيرًا ضيقًا من دروب الصحراء، أخبرنا الرجل البغيض الذي عرّفته لك من قبل بأنَّ خلفه تقوم عاصمة مملكتهم الغريبة التي يسميها "هيمرا" أو "هوميرا"، لا أدرى بالضبط، وتوقّعت في نفسي أن نشرف بعد قليلٍ على وادٍ قاحل من وديان هذه الصحارى الجرداء، التي تنتشر فيها الخيام ويسكنها أهل البوادي الجهلاء الغلاظ، الذين يظنون أنَّ واديهم هو أول وآخر حدود الدنيا، ويحتقرون الممالك الزاهرة وحضارتها العامرة ويتعاملون مع أهليها وأسيادها بمنتهى العنف والغلظة التي جُبلوا عليها، ولكني يا مولاي الشاهنشاه ما لبثت أن تبين لي أني طفلٌ غرير جاهل لم أعش في الدنيا قبلًا ولم أرَ من بدنها سوى ذؤابات الشعر، فما راعني بعد أن عبرنا الدرب القصير الضيق إلا أن أجد نفسي أنظر وكأني أحملق في حلمٍ إلى مدينةٍ عامرة!

مدينة يا صديقي ليست من صنع بشرٍ ولا جان، بل لابد أن الآلهة نفسها صنعتها بأناملها، لكي تأوي إلى قبابها السامقة المغطاة بالذهب، أو تمرح في رياضها النضر المعطَّر أو تشرب من غدائرها الصافية التي يتدفق من جوفها ماءٌ كأنه فضةٌ صافية مذابة مصقولة، ومررنا أنا

ورفاقي بأرباض المدينة وأحيائها وكأننا نيام، وبعد كثيرٍ أو قليل ـفقد كنت حينئذ غائبًا لا أدرك من أبعاد الزمن شيئًاـ وصلنا إلى ما بدا لي أنه قلب المدينة، وهناك روعت حقًا وكدت أسقط مغشيًا عليَّ" ..

وفي تلك اللحظة أقتحم الخيمة الشاهنامية فجأة الوزير "عبدان" وقد امتُقع لونه واضطرب اضطرابًا أنساه حتى أن ينحني لمولاه الشاهنشاه؛ ثم أخبر "شهريار" بصوتٍ يختلج تأثرًا بأنَّ رجاله عثروا على ابنته الأميرة "روكسان"!.

قال البختيار "مادان" :

.. "إذ وجدت نفسي ومَن معي صغرنا وتضاءلنا وصرنا كنقاطٍ من الماء أمام مرج البحر الكبير، فقد وجدنا أنفسنا أيها الشاهنشاه المعظم واقفين أمام قصرٍ رهيب، لا أجد له شبيهًا إلا في تلك القصور السحرية التي يقال أن رؤوس الشياطين قد بنوها سخرةً للملك "سليمان"، ماذا أصف لك يا مولاي؟! قبابٌ مخروطة من الذهب، وكأنها صُبت فوق قدور المجارير، جواسق هائلةٌ من أحجارٍ تبلغ زنة الواحد منها زنة عشرين حجرًا من أحجار قصري، حدائق غنَّاء ناضرة الزروع وافرة الخضرة، مداخل مزيّنة برسوم الطواويس والعنقاوات الفارهة الريش المفرودة الأجنحة، تماثيل غوانٍ حيّةٍ ناطقة تحيط بعشرات النواعير التي تملأ ساحة القصر وتقذف بعضها الماء عذبًا رائقًا إلى مسافاتٍ بعيدة، وبعضها الآخر تُخرج سلسالًا من الشراب المختلف ألوانه، ما بين لبنٍ وخمر ونبيذ!

ودونما أدنى مقاومةٍ أو رغبةٍ في الفرار، تركنا أنفسنا ـأنا ورجاليـ نُقاد عبر أبهاءٍ فسيحة تحملها الأعمدة التي تبلغ عنان السماء طولًا، حتى وصلنا إلى مكانٍ هائل الاتساع يتقدمه عمودان على شكل طاووسين فوقَهما ستارةٌ من الخز الفاخر المطرَّز بالجواهر وخيوط الذهب، تقسم المكان

إلى نصفين، يعلوها تاجٌ ملكي فاخر صيغ من قطع الذهب وفصوص الجواهر البرَّاقة، ومن خلف الستارة التي زاغت عليها أبصارنا سمعنا صوتًا خشنًا يقول في هدوءٍ واثق يغيظ:

"تقدَّموا أيها الغرباء"!

ورغم انبهاري وتلذذي أيها الملك بكلّ ما أرى وأشاهد من طرائف ولطائف لم تقع عيني على مثلها من قبل إلا إن الغضب والغيظ اعتورا قلبي لما أبداه ذلك المستخف وراء الستارة من وقاحةٍ وقلة اعتناء بمقام خان البغدان، وقلت في نفسي "لابد أنَّ رجاله لم يأتوا بوقاحتهم وتبجحهم من الخارج!"

ودون أن يتبادل معي أو مع أحد خاصتي كلمةً، أو يأخذ مني أو يعاطيني تحيةً أو احترامًا، إذا به يأمر بتجريدي أنا ورجالي من أموالنا ومتاعنا، وحبسنا بتهمة التجرؤ على اختراق حدود مملكته!.. ولما هممت بأن أدفع عن نفسي وعن خلصائي هذه التهمةَ الخسيسة الملفقة، صاح ذلك القابع خلف الأستار قائلًا في عنفٍ آمر:

ـاخرس يا هذا، لا أحد يراجع "كاشتلياش" العظيم، ملك "الهيمرا" وصاحب "بيت زاماني"!.

فثارت ثائرتي لقلة أدب هذا الملك المستخفي وراء الأستار كالعذراء المتخفية وراء خدرها، وصحت بصوتٍ ممتلئ ثقة وتحديًا:

ـأظهر لي نفسك يا مَن تسمى نفسك "كاشتلياش" وتحدَّث إليَّ كما ينبغي لملكٍ أن يحادث ملكًا مثله!

وهنا فوجئت بضربةٍ قاضيةٍ على مؤخر رأسي، فاستدرت في حنقٍ بالغ لأرى من جرؤ على رفع يده على خان البغدان، فوجدت أمامي الرجل البغيض الذي قابلته أولًا وهممت بأن أرفع يدي لكي أؤدبه، ولكن الدنيا دارت من حولي فجأةً، ثم اسودَّت كل المعالم أمام عيني .. ولم ألبث أن وقعت فاقد الوعي .

استطرد "مادان" راويًا قصته العجيبة:

" وزجَّ بنا يا مولاي أنا وستةٌ من رجالي المخلصين في سجنٍ مخيف، عبارة عن حجرةٍ واحدة شديدة الاتساع مظلمة الطلاء كالحة البناء، وكان بها مكانٌ صغير مستور لقضاء الحاجة، وهكذا ترى يا صديقي أنه قد حِيل بيننا وبين رؤية أي شيءٍ في هذه المملكة العجيبة، أو الخروج من محبسنا ولو حتى لمجرد قضاء حاجتنا الضرورية...

أما الطعام فكان يحمله إلينا ثلاثة من الخدم أو العبيد عدة مرات يوميًا، وكان الطعام الذي يُقدم لنا -والحق يقال- جيدًا جدًا مختلفًا ألوانه، وكانوا يقدمون إلينا أشربةً مختلفة الأمزجة والمذاق، ولكنى أنا ورجالي لم نكن نجد شهية للطعام أو الشراب، فكيف ننعم بمطعمٍ أو مشروبٍ ونحن على هذه الحال من الخوف والقلق الذي يشد أعصابنا شدًا مرهقًا؟ وأيضًا لم أكن أستطيع أن أستطيب شيئًا وأنا -أنا خان البغدان العظيم- حبيس تلك الغرفة القذرة، وقد حِيل بيني وبين بقية رجالي، فلا أعرف ماذا كان مصيرهم ولا ماذا كان من أمرهم مع أولئك القوم المتوحشين ..

ومرَّت علينا ستة أيامٍ على هذه الحال المهينة، نضبت فيها نضرتنا ويبست أجسادنا من المنع والمذلة، حتى مضحكي الخاص "فولاجاس" هو الآخر أجدبت منابع ضحكه وسمره

وفكاهاته، فلم يعد يفتح الله عليه بكلمةٍ أو بمزحة واحدة، والتصق لسانه بحلقه واكفهرَّ وجهه، ولكن شيئًا ما مع ذلك قُدر له أن يحدث؛ فقد لاحظت ـولا أعرف ما إذا كان هذا خيالًا أم حقيقةـ منذ فترة أنَّ واحدًا من هؤلاء الثلاثة الذين يحملون إلينا الطعام يرمقني بنظرة احترامٍ خاص ولا يخاطبني دونًا عن رفيقيه اللذين يأتيان معه إلا بـ "يا مولاي المعظم"!

وشيئًا فشيئًا بدأ ذلك الرجل الذي لم تكن خلقته كالآخرين بل كانت مألوفة على نحوٍ ما يكثر من التردد على الحجرة التي حُبسنا بداخلها، ويقدم لنا الكثير من الخدمات الصغيرة، ثم بدأ يحمل إلينا الطعام بصحبة رجلٍ آخر واحد فقط، ولا يكاد يدخل غرفتنا حتى يأمر رفيقه الذي بدا أنه تابعٌ له أو تحت إمرته بشكلٍ ما، بمغادرة المكان والانتظار خارجًا!

وقليلًا قليلًا توثقت عرى المعرفة والعرفان الصامتين بيني أنا ورجالي من ناحية وبين الرجل الغريب، حتى أتى اليوم الذي أسفر فيه عن وجهه، ففي ذات يومٍ جاء الرجل الذي ذكرته لعظمتكم آنفًا حاملًا إلينا طعام الإفطار بصحبة شخصٍ واحد آخر، ثم لم يكد الشخص الآخر الذي بصحبته يرتب صحاف الطعام فوق الخوان الموضوع أمامنا، حتى أشار له الرجل الغامض من طرفٍ خفي فسارع الرجل الآخر بالانصراف بعد أن هزَّ رأسه هزةً تدل على التفاهم والتآمر، وبذلك بقينا أنا ورفاقي الستة بمفردنا مع ذلك الرجل الغامض لأول مرَّة، فأحسست برغبةٍ حارة في محادثته لأسبر أغواره وأعرف ما وراءه، ويبدو أنَّ الرجل استشف

من نظراتي ما أرتب لأقوله، فلم أكد أفتح فمي لأتكلم حتى أسكتني بسرعةٍ قائلًا بصوتٍ عميق:
ـعفوًا يا مولاي المعظم لمقاطعتي إياك، ولكن اسمح لي بأن أتكلم لأنه لا وقت هناك، ويجب أن أنتهي من ذلك سريعًا قبل أن يأتينا هؤلاء..
ثم تلفت حوله وكأنه يبحث عن شيءٍ واستطرد:
ـهناك بابٌ خفي خلف هذه الأخونة (وأشار برأسه إلى أخونةٍ عديدة موضوعة لصق الحائط في أقصى شمال الغرفة)، سأفتحه لمولاي ولرفاقه اليوم عند منتصف الليل تمامًا، وسأنتظركم بجواره لأقودكم إلى حيث الأمان ... يجب أن تهربوا من هنا الليلة و قبل شروق الشمس.!
وتعجبت كثيرًا من كلام الرجل الغامض الذي يبعث الريبة في القلب فقلت له:
ـومَن قال لك بأننا سنسمع لكلامك أو ننفذه، ومَن أنت حتى نأمن لك بهذه السهولة؟!
فأجابني الرجل وقد بدأ صوته يزداد تسرعًا وارتباكا:
ـمولاي أرجوك! إنني أعمل لصالحك وصالح رفاقك، وأخاف عليكم عوادي الشيطان الذي يقبع خلف الستار، أما اسمي وهويتي فلا تهم في شيء، ولكن اعلم يا مولاي أنني أحد رعاياك!
فسألت الرجل وقد اعترتني الدهشة:
ـأنت من رعايا مملكتي؟! إذن فما الذي جاء بك إلى هذه المملكة الغريبة ؟!
فأجابني الرجل:

-مولاي، إنَّ هذا أمر يطول شرحه، ولكن ثق بي أرجوك، إنني لا أستطيع البقاء هنا أكثر من ذلك، وإلا لشكَّ الشيطان في أمري وأمر بضرب عنقي.
وعندئذٍ قال له مضحكي الخاص "فولاجاس" مرتابًا:
-هذه ثاني مرة تدعو مليكك بالشيطان ... فكيف تدعو مليكك ورب نعمتك بذلك الدعاء المُنكر؟!
فرد عليه الرجل قائلًا:
-إنني لا أدعوه بذلك يا سيدي تعديًا وكفورًا، بل إنَّ هذا القابع وراء الأستار هو الشيطان نفسه!.. لقد هبط من مكانٍ مجهول وجاء إلى هذه الصحراء الجرداء القاحلة وحولها بمفرده إلى جنةٍ فيحاء، ثم بنى هذه المدينة العظيمة دونما مساعدةٍ من مخلوق، وعندما احتاج إلى خلصاء ومساعدين انتزع مائة ألف ألف شاب من ست ممالك بقرعات أصابعه ودون أن يحس به أحد، أو يأبه له أحد! ثم استخفى وراء الأستار وراح يشيّد الحصون ويجيش الجيوش ويعبد الطرق، ويتلاعب بالناس ويهدم أم الممالك دون أن يتحرك له ساكن، فأنبئني يا سيدي إن كان يستطيع ذلك كله سوى الشيطان!
فرد عليه مساعدي المخلص "بارشوماش" :
-ألهذا تدعوه بالشيطان؟!
فأجابه الرجل الغامض وهو يتلفت حوله حذرًا وخوفًا:
-لا يا سيدي، ليس لهذا دعوته شيطانًا؛ بل لقد رأيته ذات مرةٍ خلسة، وارتعدت فرائصي يا سيدي، وتيقنت أنَّ هذا الرجل ما هو إلا الشيطان ذاته!

قال البختيار " مادان " :
"وران الصمت عليَّ وعلى رفاقي يا مولاي فلم نجد ما نقوله، بينما مضى الرجل الغامض مواصلًا حديثه العجيب:
-أرجو أن تصدقوني يا سادتي، (ثم التفت نحوي وأضاف بلهجة احترام) أرجو أن تصدقني يا مولاي، لا شيء يدعوني للكذب عليكم ومخادعتكم، بل إنني أعرِّض نفسي لخطر الموت بمحاولتي إنقاذكم، لو عرف الشيطان أنني حاولت تهريبكم فلن يشفع لي عنده شفيع، وسوف يطير رقبتي، صدقوني إذا لم تلوذوا بالفرار الليلة فلن تستطيعوا تعويض هذه الفرصة بتاتًا، ولسوف تندمون أشد الندم.

واصل البختيار "مادان" خان بلاد البغدان رواية قصته قائلاً:

"ولك أن تتصور يا صديقي العزيز مقدار الذعر والبلبلة اللذين أثارهما هذا الرجل الغريب بحديثه الغامض فيَّ وفي رفاقي، وظللنا طوال اليوم والليل نتناقش فيما عرضه علينا هذا المجنون، وانقسمنا في الحال إلى قسمين: قسمٌ يرى عدم الاستجابة لعرضه مؤثرًا أن نبقى في أماكننا حتى نستطيع لقاء هذا الملك العجيب ونقنعه بإطلاق سراحنا؛ وقسمٌ آخر كان من رأيه أنَّ هذا الرجل يريد بنا الخير، وربما كان يعلم بما يدبِّره أولئك من مؤامراتٍ ضدنا مما لا نستطيع نحن أن نعلمه، وكان الرافضون هم "فولاجاس" مضحك قصري، و"كودوما" وزير البريد، و"سبيقا" حاكم إمارة "جاوجاميلا"؛ أما المؤيدون فهم "أرتاشاس" حاكم "سرديس" و"مورجاب" حاكم "أخلامي" و"بارشوماش" حامل خاتمي، وبذا صار الرفاق قسمين في كل قسمٍ ثلاثة أفراد، وبقى رأيي أنا وحدي، وهو الذي سيحسم الأمر، ولم يكن اتخاذي قرارًا بأمرٍ سهل عليَّ كما سهُل على أولئك؛ بل كنت حائرًا ممزقًا موزع الفؤاد بين أمرين: الأول هو أنني لا زلت أرجو كما يفعل رجال الفريق الأول أن نتمكن من إقناع هذا الملك الباغي المتجبر بإطلاق

سراحنا، أو يبادر هو من تلقاء نفسه إلى الإفراج عنَّا بعد أن يتبين خطورة التحفظ على خان مملكة مجاورة وكبار رجالاتها قسرًا دونما سببٍ، أو حتى يدركنا رجال مملكتنا ويبادروا بالبحث عنَّا بعد أن تطول غيبتنا ويحاولوا إيجادنا بأية وسيلة؛ أما الأمر الثاني الذي كان يشغلني يا مولاي فهو إنني برغم محاولتي للتفاؤل كنت ميالًا بكل جوارحي إلى تصديق الرجل الغريب وتصديق قصته العجيبة، والدخول معه في مغامرةٍ إما أن تؤدي إلى أن نستعيد حريتنا، أو تؤدى إلى القضاء علينا، مفضلًا ذلك على ذُلِّ الأسر والحبس ومهانتهما .

****

ولكنى لم أستطع أن أتخذ قرارًا، فكما قلتُ من قبل فإنَّ قراري أنا كان أكثر صعوبةً من قرارات رفاقي الستة، فكلٌّ منهم بعد كل شيءٍ مسئول عن نفسه فقط، لذا فمن السهل عليه أن يتخذ ما شاء من القرارات، أما قراري أنا فهو الأصعب، لأنني في النهاية مليكهم ويتحتم عليهم طاعتي إن بقيت أو ذهبت، وأنا كذلك مسئول عنهم وأيُّ شيءٍ خطأ أفعله سوف نتحمل جميعًا نتيجته؛ لذلك فقد أعلنت لرجالي أن يمهلوني فقط حتى آخر النهار، حتى يتسنى لي أن أقابل غريمي، فإما ألين فؤاده نحونا وأقنعه بإطلاق سراحنا، وإما أن نلوذ بالفرار عند منتصف الليل مع الصديق المجهول ، ولم أكد أنتهي من قولي حتى أمرت رجالي، فأخذوا يصيحون ويضربون الأبواب ويخبطون بالمقارع بشدة، محدثين جلبةً لا مزيد عليها!

ورحت أصرخ معهم بأعلى صوتي طالبًا لقاء الملك "كاشتلياش"، وطفقنا نصرخ ونتصايح ساعةً طويلة، حتى فُتحت الأبواب أخيرًا وبرز من خلفها الخدم والسجانون عابسي الوجوه، وراحوا يصرخون فينا طالبين منا أن نلزم الصمت، وعندئذ تقدمتُ منهم أنا بمنتهى الشجاعة وصحتُ في وجوههم أنني أنا البختيار "مادان" خان البغدان، وأطالب بمقابلة الملك "كاشتلياش" فورًا، وحينئذٍ نظر لي أحد السجانين في سخرية وقال:

ـخان البغدان ... كذا ؟!

فأجبته في صرامة: نعم كذا!

فردَّ عليَّ قائلًا:

ـطيب، ولكن حذار من أن تعتقد أن صفتك الملوكية تعطيك ها هنا امتيازًا..

(ثم ضحك بسخريةٍ كاشفًا عن أسنانٍ قذرة متعفنة وأضاف):

ـ فإن سجوننا مليئة بالملوك والخانات، بل إنَّ في الغرفة المجاورة لكم أحد الفراعين وثلاثة من الشطاربة[2]!

ورغم أن قول الرجل صعقتني إلا إنني لم أُغلب على أمري، وبإشارةٍ من يدي عاد رجالي لإحداث الجلبة، حتى ضجَّ الحراس والسجانون فغُلبوا على أمرهم، واضطروا أن يقتادوني إلى حيث أقابل طاغيتهم .. الشيطان.

روع قلب "شهريار" حينما جاءه وزيره المخلص "عبدان" غداة وصول البختيار "مادان" بنبأ العثور على ابنته الوحيدة الأميرة "روكسان"، وحقيقة الأمر أنَّ بعضًا من رجال الشاهنشاه الذين كان سبق وأن أرسلهم ليتجسسوا ويأتوه بأخبار تلك المملكة الغامضة التي سمع أنها قامت في صحراء مُلكه، هؤلاء الرجال عادوا عقب انطلاقهم بساعاتٍ قليلة وقد حملوا معهم طفلةً صغيرة في نفس عمر الأميرة "روكسان" وحجمها قالوا إنهم عثروا عليها تائهةً في دروب الصحراء وقد أوشكت على الهلاك، وقد عثروا أيضًا بجوار الطفلة على سيدةٍ شابة جميلة ترتدي الملابس الفاخرة، وقد انكفأت على وجهها وفارقت الحياة ، وما إن وصلت هذه الأخبار المثيرة إلى المعسكر الشاهنامي حتى انقلب رأسًا على عَقب، وحملت الطفلة الصغيرة إلى الشاهنشاه، الذي ما إن نظر إلى وجهها المرتعب البريء، حتى دبَّ الذعر في قلبه، وأصابته رعشةٌ هزته من فرعه إلى قدمه هزًّا عنيفًا، وما لبث فريقٌ من رجال الشاهنشاه على رأسهم الوزير "عبدان" أن انطلق بإرشاد أولئك الجواسيس صوب الصحراء، حتى وصلوا إلى الدرب الذي عثر فيه الرجال على الطفلة وجثَّة المرأة وفتشوه بدقة، ولكنهم لم يعثروا على الجثة، وقلب الوزير

ورجاله الصحراء شبرًا شبرًا بحثًا عن الجثة؛ خوفًا من أن يكون أحد الحيوانات المتوحشة التي تعج بها هذه البوادي القاحلة قد التهم الجثة، أو احتملها إلى مكانٍ ناءٍ، وأُعيد تفتيش كل الدروب والأودية بدقةٍ فلم يقع الرجال للجثة على أثر؛ ولكن حتى دون وجود تلك الجثة فقد بات الأمر مؤكدًا، وعاد الوزير "عبدان" إلى معسكر الشاهنشاه حزينًا أغبر الجبين كاسف البال؛ فهذه هي النهاية يا "شهرزاد" .. نهاية التمرُّد والخروج عن الطوع !.

وانكفأ "عبدان" على جُرحه يلعقه في صمت، وهو يعزِّي نفسه، فها هي حفيدته الحبيبة موجودة، ولتكون خير عوض له عن ابنته التي ماتت أبشع ميتة بعيدًا عن عينيه .. فلكِ الله يا حبيبتي، من أم مثلومةٍ وأبٍ مجنون .. لك الله يا "روكسان" يا حبيبتي ..

أكمل البختيار "مادان" حكايته العجيبة قائلًا:

"وأخيرًا وقفت وجهًا لوجه أمام ذلك الطاغية العجيب الذي لم أرَ مثله بين الملوك من قبل، أو قل وجهَا لستارة! فقد كان ما زال متخفيًا كاللص وراء أستاره، فوقفت معتدًا أمام شق الستارة الأوسط، الذي يسمح لمن بالداخل أن يرى من يقف خارجًا؛ ولكنه لا يسمح للأخير برؤية الأول، وقلت في صوتٍ حاولت جهدي أن يكون قويًا مخيفًا آمرًا كما يليق بالملوك العظام:

ـأظهر لي نفسك أيها الملك!

فجاءني صوته مزمجرًا:

ـ تكلَّم يا هذا ولا تكثر... ويكفي أنني سمحت لك بالمثول بين يدي!

فأجبته قائلاً:

ـإنك لم تسمح لي؛ بل إنك غُلبت على أمرك، فاضطررت للقائي وأنفك في الرغام!

أضاف البختيار " مادان" :

"وهنا فزعت حقاً يا مولاي، وجفَّ الدم في عروقي إذ سمعت من وراء الستارة صرخة باترةً مروعة، وكأنها زئير "الفيدا [3]" ما لبثت أن تبينت فيها شخطًا وتعنيفًا، فروعت

---

3 *الفيدا: حيوان أسطوري مشهور في مملكة البغدان.

وقلت في نفسي: حقا ما هذا ببشر! ولكني بذلت مجهودًا مضنيًا حتى أتمكن من استعادة رباطة جأشي وسيطرتي على نفسي، وأخيرًا تمكنت من أجد صوتي لأقول:

ـأيها الملك إنني مُصرٌ على لقائك وجهًا لوجه

فأجابني قائلًا:

ـلا يحق لك أن تطلب مثل هذا الطلب!

فأثار ردُّه الوقح المتكبر دمائي، وصرخت بأعلى صوتي غير مبالٍ بالعواقب:

ـكما أنه لا يحق لك أن تحتجز ملكًا ها هنا دونما سبب، إنني لم أحاربك ولم أقع أسيرًا في يدك، فبأي حقٍ يا من تتحدث عن الحق تحبسني؟!

وجاءني صوته الوحشي الذي يرعد الأوصال صائحًا في حنقٍ بالغ:

ـ إنني أحتجزك دونما سبب، أليس كذلك؟! وأنت أيها الخان ألا تحتجز الآلاف من رعيتي في سجونك، وتعذبهم دونما سبب؟!

والحقُّ يا مولاي أنَّ كلام هذا الشيء القابع وراء الستار ـ فشيئًا شيئًا بدأت أحسُّ أنه فعلًا ليس آدميًا مثلنا ـ قد شتت فكرى وأشاع البلبلة في كياني كله، عن أي شيءٍ يتحدث هذا المخبول؟ وأين رعاياه هؤلاء الذين يقول أنني أحتجزهم وأعذبهم في سجوني؟!

فقلت له متمالكًا أعصابي قدر طاقتي:

ـلا يوجد في سجوني أيها الملك شخصٌ واحد من رعاياك.

فردَّ عليَّ قائلًا في تحدٍ:

-بل يوجد الآلاف والآلاف منهم، إنهم يملؤون سجونك وصوت عذاباتهم وأنَّاتهم تصل إليَّ فتزلزل كياني وتهيب بي أن أنتقم شر الانتقام.

أضاف البختيار "مادان" :

"وهنا وصل صبري إلى نهايته، فصحت في وجه هذا الشيء البغيض مكيلًا له السباب ومنددًا بجنونه:

- عن أي شيءٍ تتحدث أيها المجنون؟! كلا يا رجل، إنني طائرٌ عجوز لا يصيده الصغار بفخاخهم[4]، كفى كذبًا وتلونًا، أنت تماطل ولا تريد أن تطلق سراحنا، فمضيت تخترع هذه الأكاذيب العفنة والدعاوى الباطلة، التي يجيد ابتداعها الأفاقون واللصوص وقطاع الطرق! نعم، فما أنت إلا لصٌّ وقاطع طريق مثلك تطردهم الممالك بالآلاف لتتخلص من جرائرهم، أي رعايا لك عندي؟! لو كنتَ ملكًا حقًا؛ بل لو كنت رجلًا لما استخفيت كالجواري وراء الأستار، ولكنت خرجت إلى وواجهتني، نعم؛ فقم الآن وتعالَ واجهني، قف أمامي وأرني وجهك وتحدث إليَّ مثلما أتحدث إليك، ولا تكذب ولا تخادع ولا تماطل، إنَّ أكاذيبك لن تنطلي عليَّ، واهًا لك أيها المسكين! هل تعتقد أنني خائفٌ منك؟! كلا وحق آلهتي؛ إنَّ ورائي جيوشًا جرَّارة قادرة على سحقك وسحق مملكتك الهشَّة الواهنة، وهم ينتظرون أدنى إشارةٍ من يدي ليهجموا عليكم ويبيدوكم، حيث تعود إلى أصلك، مجرَّد قاطع طريق ولصٍّ حقير، كما ينبغي لمثلك! .

والتقطت أنفاسي وكدت أواصل الهجوم، لولا أن باغتني أحدهم بضربةٍ قاصمة على مؤخر رأسي فزاغ بصري، ثم سقطت على الأرض لا أعي .

قال البختيار " مادان " :

" ولما عدت إلى رجالي أخبرتهم بقراري الذي فاجأهم وشلَّ قدرتهم على التفكير، لن أغادر هذه الأرض الغريبة حتى أعرف السرَّ الذي يكمن وراء كل هذا، يجب أن أعرف سرَّ هذه المملكة الغامضة، وسرَّ مشيدوها الأعاجب، وسرَّ أولئك الملوك الذين قيل لي بأنهم محبوسون في الغرفة المجاورة، وقبل كلِّ شيء، سر ذلك الرجل الغامض المخيف الذي يستخدم أساليب اللصوص وقطاع الطرق، ولا يلقى الناس إلا متخفيًا ومن وراء حجاب، يجب أن أعرف كلَّ هذا ولو اقتضاني ذلك العمر كله، ولو فقدت في سبيله روحي وبقية حياتي، وعندما انتهيت من شرح موقفي لرجالي، استراح له أولئك الذين كانوا ضدَّ فكرة مطاوعة الرجل الغامض الذي ادَّعى أنه من رعايا مملكتي ونصحنا بالهروب الليلة، خوفًا من أن تكون تلك مكيدةٌ أخرى تُحاك لنا، ولكنني فوجئت بأنَّ ألسنة الشقاق قد اندلعت بين رفاقي المخلصين، إذ بدت على وجوههم علامات الاستياء والتذمُّر من قراري هذا، ولما كنتُ في موقفٍ لا يحتمل أقلَّ خلافٍ مع رجالي، فقد واجهتُ الرجال الذين أحسستُ من نظراتهم أنهم استاءوا من قرار البقاء وإن لم يجرؤوا على إعلان استيائهم، وتحدثت معهم بصراحةٍ فبادلوني الصراحة

بصراحة، وأكدوا أنهم كانوا يؤثرون لو أننا أخذنا المبادرة إلى الفرار، بدلًا من أن نبقى سجناء للأبد في هذا المكان القذر تحت رحمة رجلٍ يسميه أتباعه المتمرغون في نعمته شيطاناً ..!

فلما فرغ الرجال من اعتراضهم وهم "بارشوماش" حامل خاتمي و"أرتاشاس" حاكم "سرديس" و "سبيقا" حاكم "جاوجاميلا" وحتى "فولاجاس" مضحكي الخاص الذي كان أول مَن عارض الإقدام على هذه المغامرة، صار أخيرًا في صف معارضيَّ، ويبدو أنه راجع نفسه ورأى أن الخضوع لمليكه ليس أضرَّ منه الآن، وأنا لا ألومه، فالرجل قد يتخلى عن ابنه ويتركه يهلك في السفينة الغارقة، وليس مليكه فحسب!. وعندئذٍ صرت أنا في منتهى الحزم، فقلت للرجال الأربعة أنه بإمكانهم أن يفعلوا ما شاؤوا، ويذهبوا أينما شاؤوا، فليس لوم عليهم ؛ ولكنى سأبقى مع مَن يريد أن يبقى معي، فأعلن كلُّ من "كودوما" وزير البريد و "مورجاب" حاكم "أخلامي" أنهما سيصمدان معي حتى النهاية، وأكبرت هذا الموقف منهما، خاصة من الثاني "مورجاب"؛ فقد سبق أن ذكرت لمولاي أنه كان من الفريق المؤيد لقرار الهروب، ولكنه غيَّر موقفه إخلاصًا لي، ولما انتهى كشف النيات ونزع الأقنعة قلت لمضحكي "فولاجاس" في هدوء:

ـها أنت ترى أن عددكم أربعة وعددنا ثلاثة ... فأنتم الأكثرية ولكم أن تصنعوا ما شئتم.

فتأثر "فولاجاس" لما رنَّ في صوتي من تأنيبٍ ولوم، وأغرورقت عيناه بالدموع وجثا على ركبتيه محاولًا تقبيل يدي، ولكنى سحبت يدي بعيدًا برفق وقلت له متصنعًا البرود:

ـأنا لا ألومك يا "فولاجاس"، ولا محلَّ للوم ها هنا.

فأجابني الرجل متأثرًا باكيًا بصوتٍ جعلني أرقُّ له وأنزع سخائم الغيظ من صدري:

ـعفوك يا مولاي، ولكنى لم أعد أطيق الحبس، لقد ضاق صدري ونفد مرجل صبري، ولو بقيت هنا أكثر من ذلك فربما أموت كمدًا.

فرددت عليه قائلًا:

ـاذهب يا "فولاجاس"، لُذ بالفرار فأنا أعرفك، عصفورٌ صغير تحب الحياة والحرية والانطلاق، فاهرب كلًا منَّا يواجه مصيره كما اختاره هو.

فتعالى بكاء "فولاجاس" واشتدت زفراته، ويبدو أنه فهم أنني ألومه وأبكِّته بهذا الكلام، مما أثر فيَّ تأثيرًا عميقًا، فقد كان الرجل بعد كل شيءٍ حبيبًا إلى نفسي مقربًا إلى قلبي، فقلت موجهًا كلامي له وللرجال الثلاثة الذين ثبتوا على الفرار معه:

ـ انجوا بحياتكم وفرُّوا بجلودكم أيها الرجال، فقد عرفتكم وخبرت شجاعتكم طويلًا، فلست أنا بالذي يبخس الرجال أقدارهم لمجرد أنهم رأوا أتونًا محرقًا تتلظى فيه النيران فحادوا عنه، كلا ولست بالملك الطاغية الذي يحمل رجاله المخلصين على التضحية بأرواحهم لمجرَّد أن يرضى رغبة

حمقاء شبَّت فجأة في عقله، اهربوا أيها الرجال (ثم وضعت كفي على عاتق " فولاجاس" وربتُّ عليه مبتسمًا وأردفت):

-وعودوا إلى مملكتنا، فمَن يدري، ربما لو نجحتم في الفرار للحقنا بكم فورًا، ولكن إذا عدتم إلى المملكة فأمهلوني أسبوعين ليتسنى لي معرفة ما أودُّ معرفته، فإذا مرَّ هذان الأسبوعان دون أن أعود إليكم، فأغيثونا وهاجموا هذه المملكة بجيوشكم المظفَّرة، وامحوها من على صفحة الأرض !

أضاف البختيار "مادان":

" ولما انتهيت أيها الصديق من كلامي خيَّم الصمت عليَّ وعلى رجالي، ومرَّت علينا ساعات المساء وقد اقتعدنا الأخونة أنا و"كودوما" و"مورجاب" في ناحيةٍ، وكل من "بارشوماش" و "أرتاشاس" و "سبيقا" في مواجهتنا في الناحية الأخرى، وقد حدث هذا تلقائيًا وبدون ترتيب، وكأنما أحسَّت كلُّ جماعة منَّا أنها بالفعل قد انفصلت عن المجموعة الأخرى، وصارت في مواجهتها؛ أما "فولاجاس" فقد جلس مقعيًا عند قدمي وكأنه الكلب الذليل الذي ضُرب بالسياط، ولكنه يعلم أنه أخطأ وأنه يستحق ما ألمَّ به؛ فأستدرَّ شفقتي وعطفي حقًا، فمضيت أبادله الحديث وأضحك لنوادره رغمًا عني، وبقينا على هذا الوضع أنا ورجالي حتى اقترب منتصف الليل، فأصاب الرجال الذين عزموا على الهرب توترٌ شديد، وأجفلت أنا من رؤية منظر أخلص رجالي وهم يتخلون عنى هكذا، بهذه البساطة ..

فأجبرت نفسي على النوم ، ونمت بالفعل، ولما استيقظت في فجر اليوم التالي، كان أول ما وقع عليه بصري هو الرجال الأربعة في أماكنهم، لم يبرحوها قيد أنملة، فأخذني العجب وعلمت من "مورجاب" أنَّ الرجل الغامض قد حنث بوعده لهم، فلم يأتِهم في الموعد المحدد ولم يهيئ لهم سبيل الفرار!.. ولم يكد ينقضي الصباح حتى علمنا أنَّ هذا الرجل الغامض، الذي عرفنا أخيرًا أنَّ اسمه هو "بابر"، قد قضى نحبه في منتصف الليلة الماضية، إثر إصابته بمرضٍ مفاجئ! .

"بعد هذه الحادثة توالت الأحداث الغريبة والعجيبة، فقد نُبذنا أنا ورفاقي في جناحنا نبذًا تامًا، فلم يعد أحدٌ من ساكني هذا القصر المخيف العجيب يدخل إلينا، أو يتبسط معنا في حديث، بل صار الخدم يأتون بالطعام ويضعونه أمام الباب، ثم يفتحون شقَّ الباب، ويدفعون صحاف الطعام بأقدامهم وقد وضعوا أيديهم على أفواههم، ثم يلوذون بالفرار بعد أن يُحكموا إغلاق الباب من خلفهم، ثم صارت الأمور تسير من عجيبٍ إلى أعجب، فبعد أن كان الحال على ما وصفته لك، إذا به يتغير، وإذا بالخدم بزيِّهم المميز الذي ألفناه، يختفون تمامًا .. وصار الطعام يُحمل إلينا بواسطة الحرس، ثم الجنود الملثمين! .

ومرَّت أيامٌ على هذه الحال الغريبة؛ ثم فوجئنا بالصراخ والفوضى وقد أنشبا أنيابهما في المكان، الذي كان ساكنا يخيم عليه الهدوء من قبل، ولم يكن صراخًا عاديًا ذلك الذي سمعناه في اليوم العاشر من حبسنا هناك، بل كان صراخًا مخيفًا مأزومًا، وكأنه صراخ حيوانٍ مفترس حبيس، وأعقب الصراخ الفوضى الشاملة، فقد صرنا نسمع طوال الوقت وقع أقدامٍ ثقيلة ملهوفة تجرى بدون ضابطٍ في كل مكان، وكذا صفق الأبواب المستمر وضربات العصي والمقارع على أجسامٍ صلبة، وشهقات غامضة تبدو مثل شهقات الغرقى والمحتضرين؛ ولكن فجأة في اليوم الثالث عشر هدأ كل شيء، فلم نعد نسمع ركزًا ولا همسًا، والأغرب أنَّ الجميع بدوا وكأنهم قد نسونا تمامًا، فلم يُحمل إلينا طعامٌ طوال هذا اليوم، واليوم الذي يليه أيضًا، واضطررت أنا ورفاقي إلى أن نتبلَّغ بما تبقى عندنا من فتات الطعام، ولكن في اليوم الخامس عشر نفذ صبرنا، فعزمنا على تحطيم الباب، وبحثنا في جميع أنحاء الغرفة حتى عثرنا على قطعة نحاسٍ مستطيلة جامدة، فحملها ثلاثة منَّا واندفعوا بها نحو الباب، فإذا بهم يرتدون للخلف بعنفٍ ويسقطون على ظهورهم من أثر قوة مقاومة الباب الصُلْب للضربة الأولى، ولكننا لم نيأس وأخذنا نحاول ونحاول حتى انقضى شطر الصباح دون فائدة، ولكن فجأة تذكَّرنا ما سبق أن قاله لنا

الرجل الغامض "بابر" عندما كان يحاول إقناعنا بالهروب؛ فقد ذكر شيئًا عن بابٍ سري خلف الأخونة المتراصة لصق الحائط الشمالي، فأسرعت أنا ورجالي نحو هذه الأخونة وبذلنا جهدًا عظيمًا لنزع هذه الأخونة وإبعادها عن الحائط، فقد كانت ملتصقةً بالحائط التصاقًا عنيفًا، فبذلنا كلَّ ما في وسعنا لنزعها، وما كدنا ننجح في ذلك حتى ضربنا اليأس بيده اليسري، فما لبثنا أن وجدنا أنَّ الباب الواقع خلفها لا يقلُّ صلابةً عن الباب الأمامي إن لم يزد، وأيقنا بأنَّه لا أمل لنا في فتحه إلا من الخارج، وسقطنا جميعًا على الأرض من فرط التعب والإجهاد والبؤس .. وأغمضنا عيوننا في انتظار الموت مستسلمين لائذين بالصمت؛ ولكن في هذه اللحظة بالذات بدأنا نسمع دقًا عنيفًا متواصلًا على الباب الأمامي، وكأن هناك من يحاول تحطيم هذا الباب اللعين من الخارج! وقفزنا جميعًا وقد عاودنا الأمل نحو الباب ورحنا نضربه ونركله بأقدامنا ونخبط عليه بعنف، لننبّه مَن بالخارج إلى أننا موجودون ها هنا أحياء، وصحت أنا بما تبقى فيَّ من رمق:

ـافتح، افتح، أنا خان البغدان، أدفع إليك بعرشي لو استطعت إنقاذنا!.

وبعد وقتٍ قصير بدأ الباب يذعن شيئًا فشيئًا، تحت وقع الضربات القوية المتلاحقة، حتى صبت علينا آلهتنا صيبًا من غوثها ورحمتها .. فانفتح الباب آخر الأمر !.

أضاف البختيار "مادان" متممًا حكايته الغريبة: "انفتح الباب فرأينا على عتبته رجلًا غريب الشكل واقفًا ممسكًا بمعولٍ في يده، فوجهه مستطيلٌ جامد أغبر اللون وشفته السفلى مدلاه في صفحة وجهه، وعيناه جاحظتان في غباوةٍ، وأسرعنا جميعًا نحو الرجل وحاولنا التفاهم معه، فتيقنًا أنه أبكم أيضًا!.

فدفعه رجالي جانبًا وعدونا كالمجانين حتى خرجنا من الممر الطويل الذي كنا محبوسين في إحدى غرفه، ويا للمشهد الذي رأيناه في الممر وخارجه! كانت الجثث يا مولاي مبعثرة في كلِّ مكان، مطروحةً على وجوهها وظهورها جاحظة الأعين من الفزع وقد أنبجس الدم من أفواهها وأنوفها، عشراتٌ بل مئات من الجثث، امتلأت بها الممرات والسراديب الملتوية وسدَّت بعضها، فلم تدع بها منفذًا للعبور، وتقيَّأ بعض رجالي من هول المنظر، بينما حبست أنا تقززي ونفوري بمجهودٍ عظيم، وأخذنا نجوب الممرات ونخرج من واحدٍ لندخل آخر، وقد بلغ منا الجهد مبلغه ولا تنسى الجوع وعضنا الإرهاق والتعب، فراح رجالي يصرخون ويلعنون الأيام والممرات الحقيرة، التي بدا وكأنه لا نهاية لها ، وأخيرًا خرجنا إلى أجنحة وأروقة القصر الفسيح، فرحنا نجري لاهثين هنا وهناك بحثًا عن أي شيءٍ نأكله أو أية لقيمات نتبلغ بها لتسد رمقنا مؤقتًا،

ولا أستطيع أن أصف لك يا مولاي فرحتنا عندما عثرنا على غرفةٍ واسعة، وقد توسطتها مائدةٌ ضخمة كُدِّست فوقها ألوانٌ مختلفة من الأطعمة والأشربة، ورغم أنَّ الطعام بدا أنه أُعد منذ أيامٍ، فنصفه فسد وتغيرت رائحته، إلا أننا لم نبالِ، بل تحلقنا حول المائدة وفتكنا بالصحاف العامرة وأجهزنا على أكوام الخبز والفطائر والمشروبات، وظللنا نأكل ونأكل ونأكل حتى أوشكنا على الانفجار! ولما فرغنا من طعامنا وصمتت بلابل الجوع في بطوننا، فوجئنا بالرجل الذي فتح لنا الباب واقفًا على عتبة الغرفة، وقد نطقت معالم وجهه بأنه يريدنا أن نتبعه ليرينا شيئًا هامًا، وكالمسحورين نهضنا وتبعنا الرجل حتى وصل بنا إلى قاعةٍ فسيحة مزدانة بالجواهر والدرر، تشقها ستارةٌ فاخرة محلاة بالزبرجد والذهب إلى نصفين، ويعلوها تاجٌ ملكي فاخر قُدَّ من خالص الجوهر، فوثب قلبي بين ضلوعي وتلاحقت أنفاسي، يا ويلي، حقًا هذه قاعة العرش .. قاعة عرش الشيطان!

وبجنونٍ قفزت نحو الستارة وأزحتها، فوقعت عيني على ما لم تقع عليه من قبل، عرشٌ من الذهب الخالص البراق يطفو فوق الماء، وفوقه عباءةٌ سوداء منقوشةٌ ملقاة عليه في إهمال، فارغة من الجسد الذي كانت تحتويه ! وعلى كثبٍ من العرش كُدِّست أكوامٌ من الجواهر واللآلئ، وكأنها أكوام من الحجر أو الرمال! فاندهشت وذُهش رجالي وأحدقنا جميعًا بالرجل نستوضحه عن كلِّ هذا، ففوجئنا به متكلمًا ينطق بلسانٍ ثقيل صدئ مثل ألسنة كهنة معابد الصمت، قائلًا:

-خذوا كل شيء، خذوا كل ما تقدرون عليه، ولا تسألوا عن شيء، خذوه قبل أن يختفي ويذهب في إثر الدخان!

وتركنا الرجل حيارى ومضى يجرجر خطواته البطيئة الثقيلة نحو موضع مجهول، وشددت عزائم رجالي ومضينا نبحث في المكان عن أجولةٍ أو قدورٍ نحمل فيها هذا الكنز، الذي سيجعل البغدان أغنى ممالك العالم، فملأنا نحو عشرين قدرًا ضخمًا من الفخار، وعشرات الأجولة، وما زال نصف الكنز على الأقل لم يُحمل بعد! وأقبلت أنا ورجالي على العرش الرهيب نحاول زحزحته ذات اليمين وذات اليسار لنحمله معنا، فلم نقدر لعظم ثقله، حتى لاحظ "مورجاب" أن لون الماء أسفل العرش يترقرق بلون الذهب والجواهر، فجثا على ركبتيه ومد يده واستخرج حفنةً من الجواهر البراقة، وتشجعنا جميعًا ومددنا أيدينا في الماء لنستخرج المزيد من هذه الكنوز، عندما فوجئنا بشيءٍ يبرز لنا من الماء، ويا له من شيء! كانت فتاةً حسناء، ولكن ليست كأية فتاة، فنصفها الأعلى كان لأنثى ونصفها الأسفل لسمكة، كانت "هاؤما"[5] حيةً تتكلم كالناس، نراها جميعًا بأعيننا لأول مرةٍ في حياتنا، فلم تكذب الأساطير إذن!

أخرجت "الهاؤما" نفسها من الماء ثم استوت جالسةً على حافة البحيرة الصغيرة الشفافة، وقالت بصوتٍ حالم جميل رنان:

-من أنتم يا رجال ؟!

---

[5] "الهاؤما": الاسم الذي يُطلق على (عروس البحر) في مملكة البغدان.

فأجبتها مترددًا:
ـنحن من مملكة البغدان
فعادت تسأل:
ـوما الذي جاء بكم هنا؟!
فقلت لها:
ـجئنا مقسورين، لقد وقعنا في أيدي رجال سيد هذه الأرض، فاحتبسنا لديه حتى فكَّ الله كربنا.
فقالت:
ـوأين ذهب سيد هذه الأرض ... وماذا فعل الله به ؟!
فأجابها "فولاجاس" قائلًا:
ـلقد اختفي هو، ومات رجاله أجمعين.
فصفقت "الهاؤما" وصاحت بصوتٍ جذل رنان:
ـمرحى، مرحى! خلَّص الله أهل الدنيا من شروره، و خلص أهل الماء من عسفه!
فسألتها متحيرًا:
ـوهل كان لملك هذه الأرض حُكم عليكم أهل الماء؟!
فأجابتني "الهاؤما" بصوتٍ حزين:
ـإنَّ ملك هذه الأرض لم يكن إلا الشيطان نفسه! لقد أمر الله بغله في الأغلال وتعذيبه أبديًا في سقر، فتمكن من خداع معذبيه من الزبانية ولاذ بالفرار، فعاقبهم الله على غفلتهم بأن يقيدوا مكانه ويتلقوا من العذاب ما كان يجب أن يتلقاه هو؛ أما الشيطان فقد لاذ بالفرار وجاء إلى هذه الأرض، واختطف آلاف وآلاف الناس من ممالكهم بسحره الضار المميت، ثم استصفي أرواحهم من أجسادهم ليحل محلها

أرواح خدَّامه من الشياطين، وابتنى هذه المملكة الشامخة في يومٍ وليلة ، ولكن الله أرسل إليه منذرًا بأنَّ لديه مهلةً تسعًا وتسعين يومًا وليلة يتدمر ملكه بعدها، وتنتهي حياته أيضًا؛ فجنَّ جنون اللعين وجيَّش الجيوش من أعوانه وراحوا يقطعون له الطرق ويأتون له بالملوك أسرى سجناء لديه، وكان يأمل أن يجد منهم من يصلح لكي يستولى على روحه ويحلُّ محله في جسده، فأحضر ها هنا عشرات الملوك، منهم "برميز" ملك "تاميرا" و "سجرح" ملك "جمأتون" و"نكاوند" آخر فراعين مصر، الذي استولى "ذو القرنين" على مُلكه ونفاه من بلاده، فهام على وجهه في البلاد، حتى وقع في أيدي رجال "كاشتلياش" وهو الاسم الذي اتخذه الشيطان لنفسه، ولكنه لم يجد فيهم من يصلح للدور، حتى جئت أنت إلى هنا أيها الملك، وقدَّر أنك أصلح من تكون لتحل فيك روحه الدنسة، ولولا أنَّ رحمة الله لحقت بك لكان الآن عاكفًا على تقطير روحه في جسدك، بعد أن يكون قد استلَّ روحك الأصلية، وحبسها في إحدى هذه القوارير!.

فارتجف جسدي عند سماع كلمات ""الهاؤوما"" ونظرتُ كما نظر رجالي إلى حيث أشارت، فرأيت صفوفًا لا تنتهي من قوارير صغيرة تطفو داخلها أشياءٌ تشبه الزبد، زرقاء وخضراء وبيضاء، وعدت ببصري إلى ""الهاؤوما"" فوجدتها تتهيأ لتلقي بنفسها في الماء مجددًا، وعندما هممتُ بأن أوجِّه إليها المزيد من الأسئلة قالت لي في عجلة:

ـلا تسأل المزيد أيها الملك؛ بل حرِّر هذه الأرواح، ويكفيك أنك الرجل الذي قُيض له أن يحرر هذه الأرض ومعها مائة ألف ألف روح من اللعنة!.

في لحظاتٍ كانت "الهاؤما" قد اختفت في جوف الماء ..

الليلة الثانية والعشرون

قال البختيار "مادان" :

"اختفت "الهاؤما" وتركتنا لحيرتنا، ورحنا أنا ورفاقي نتبادل النظر في حيرةٍ وتساؤل، فهل نقدم على هذه المغامرة؟!

هل نفتح هذه القوارير وندع ما يحدث يحدث، أم نلزم جانب الحذر خشية أن تكون تلك مكيدةً الغرض منها القضاء علينا؟! ورأيت الحَيرة في عيون رجالي وقرأت فيها التساؤل الحائر بين نعم ولا تتهددان آلافًا مؤلفة من الأرواح بالفناء أو بالتيه الأبدي، وكنت أنا كمثل رجالي حائرًا لا أكاد أجد لي برًّا لأرسو عليه، ولكنى تذكرت كلمات "الهاؤما" التي قالت لي:

(يكفيك أنَّك الرجل الذي قُيِّض له أن يحرر هذه الأرض ومعها مائة ألف ألف روح من اللعنة)

فأخذتني الحماسة وجرتْ الشجاعة في عروقي، فأقبلت على أولى هذه القوارير وأزلت عنها سدادتها، فسقطت على الأرض وراحت تنتفض بشدةٍ وكأنها طائرٌ ذبيح بينما تخرج منها مادةٌ كالزبد، تفور وتغلي وتتوهج بألوانٍ مبهرة كالرعد الخاطف! وحذا رجالي حذوي، وتشجعوا تيمنًا بشجاعتي، وراحوا يفضون سدادات القوارير تباعًا حتى

ضجّت القاعة بأصوات الفوران والغليان وامتلأت بالأضواء الخاطفة!

ثم لاحظنا شيئًا غريبًا، فقد بدأت بعض القوارير تفرقع من تلقاء نفسها! وكأنَّ تحرير جزءٍ من هذه الأرواح الحبيسة كافٍ لزوال اللعنة عن جميعها، بحيث تستطيع بقية الأرواح أن تحرر نفسها بنفسها، وفي خلال عدة ساعاتٍ كنّا قد انتهينا من فتح جميع القوارير، ثمَّ رأيت أغرب منظرٍ رأيته في حياتي، ولن أنساه ما حييت، فقد بدأت الجثث المتراكمة هنا وهناك تدب فيها الحياة! رأينا الإشعاعات المُبهرة تخرج من القوارير ثم تتجه نحو إحدى الجثث وتنفذ من فتحات أنوفها، فإذا بالجسد الخاوي يستجيب وينتفض ويتقلّب ويسعل ويشهق طويلًا.. ثم يفتح عينيه وقد عادت إليهما أضواء الحياة!

****

"وفي الفجر كان خدمي الذين ارتدَّت لهم الحياة يجهزون موكبي وأمتعتي ويحملون الكنز الثمين الذي جمعناه على ظهور البغال والجمال، بينما كان الآخرون يمضون مهللين ميممين صوب ممالكهم وبيوتهم التي انتزعهم منها الجبار بسحره وأعماله الضارة، وحميت أشعة الشمس فتسلّطت على جدران المدينة والقصر، فإذا بها وقد بدأت تزول وتختفي شيئاً فشيئاً! ولمَّا تحرك ركبي نظرت خلفي فلم أجد من المدينة إلا بقايا ذائبة، وكأنها قطعةٌ من الزُبد قرَّبتها من آتونٍ مضطرم، فلما قطعت في محفتي بضعة أمتارٍ نظرت خلفي مرةً أخرى فلم أجد للمدينة أثرًا!

بل أصبحت أثراً بعد عين!

****

صمت البختيار "مادان" ليلتقط أنفاسه، فأغمض "شهريار" عينيه وقد بدا أنَّ الحكاية التي قصَّها عليه البختيار قد تغلغلت إلى أعماق نفسه، ولكن سؤالًا هامًا خطر فجأة في عقله، فلم يتردد في أن يسأل ضيفه قائلًا:

- ولكن مَن كان يقصد برعاياه الذين تحتجزهم وتعذبهم في سجونك؟!

فابتسم البختيار "مادان" وأجاب:

- لقد فكَّرت في ذلك السؤال مليًا حتى أدركت ما يعنى؛ إنَّه يقصد برعاياه الذين في سجوني أتباع "شاماشريب" الشرير، الذين كانوا يمارسون السحر الضار ويوقعون بين الناس، ويعبدون إلهًا غريبًا ابتدعوه ما سمعنا به من قبل يسمونه "ودان"، ويقدمون له أضحياتٍ من البشر الأبرياء، فقبضت عليهم وأودعتهم السجون لأحمي الناس من شرِّهم .. وأعتقد أنَّ إلههم المزعوم لم يكن إلا صورةً للشيطان نفسه .. لذا اعتبرهم طاغية "الهيمرا" من رعاياه!

****

عاد البختيار "مادان" إلى بلاده بعد زيارةٍ ودية مرضية، بينما عَنَّ لـ "شهريار" أن يتزوج مجددًا، بعد تأكُّد هلاك زوجته "شهرزاد.."

ولكنه قرَّر ألا يتزوج من إحدى بنات الشعب ككلِّ مرَّة، ليفتك بها كعادته؛ بل أحبَّ أن يصهر لأول مرة إلى المَلوك، وقرَّ

رأيه على أن يخطب ابنة المرزبان "خشيرشا" خان بلاد "بكتيريا"، وأرسل له بطلبه، فجاءه ردُّ المرزبان بالموافقة؛ ولكنه اشترط لإتمام الزواج أن يقدِّم "شهريار" لابنته "أروى" أجمل نساء زمانها، مهرًا لم يُسمع بمثله من قبل في الزمان !.

<hr>

اذكر اسم أكثر شخصية أعجبتك في هذا العدد ولماذا؟

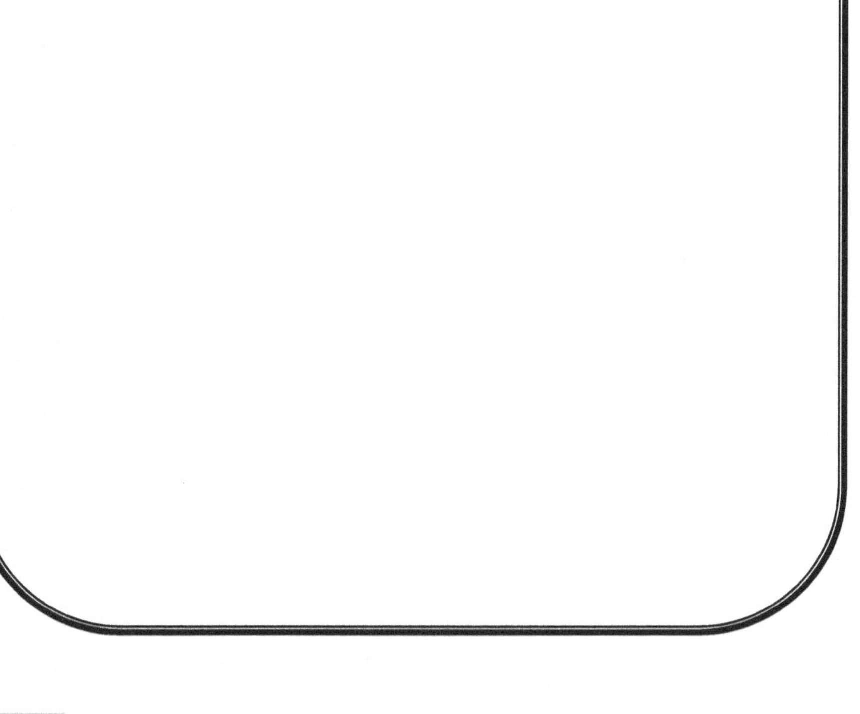

اذكر اسم أكثر شخصية لم تعجبك في هذا العدد ولماذا؟

ـــــــ ،ن تقرأها في الأعداد القادمة لسلسلة الآيارو للفانتازيا.